벌레는 디자이너

푸른사상 동시선 16

벌레는 디자이너

인쇄 · 2014년 6월 20일 | 발행 · 2014년 6월 25일

지은이 · 한선자
펴낸이 · 한봉숙
펴낸곳 · 푸른사상
주간 · 맹문재 | 편집 · 서주연 | 교정 · 김소영

등록 · 1999년 7월 8일 제2-2876호
주소 · 서울시 중구 충무로 29(초동) 아시아미디어타워 502호
대표전화 · 02) 2268-8706(7) | 팩시밀리 · 02) 2268-8708
이메일 · prun21c@hanmail.net / prunsasang@naver.com
홈페이지 · http://www.prun21c.com

ISBN 979-11-308-0233-6 04810
ISBN 979-11-308-0037-0 04810 (세트)

값 9,900원

이 도서의 국립중앙도서관 출판시도서목록(CIP)은 서지정보유통지원시스템 홈페이지(http://seoji.nl.go.kr)와 국가자료공동목록시스템(http://www.nl.go.kr/kolisnet)에서 이용하실 수 있습니다.
(CIP제어번호 : CIP2014016600)

이 책은 2013년 한국예술위원회 아르코문학창작기금을 수혜하여 발간되었습니다

푸른사상
동시선

16

벌레는 디자이너

한선자 동시집

| 시인의 말 |

저도 어린이였지요. 어린 시절 모든 일들이 마음의 그림으로 남아 있네요. 그 아름다운 순간들이 어른이 된 지금의 저를 동심으로 꼭 붙잡아 주는 거 같아요. 모든 어린이들이 그랬으면 좋겠습니다. 곱고 고운 눈으로 좋은 것만 많이 보았으면 좋겠습니다.

요즘 어린이들은 참 바빠요. 해야 할 공부도 많고, 다녀야 할 곳도 많아요. 마음껏 놀 시간은 더 없지요. 그러다 보니 느긋하게 책을 볼 여유는 줄어드는 거 같아요. 그럴 때 동시가 힘이 되었으면 좋겠습니다.

우리 어린이들은 다재다능하지요. 어디로 보나 다 천재요, 화가요, 음악가요, 시인이죠. 꿈 많은 어른들까지 설레게 하고, 용기를 주는 어린이들은 이 세상의 미래이고 희망이에요. 언제나 아이들의 웃음소리가 음악처럼 퍼졌으면 좋겠습니다.

저는 매일 일기 쓰는 마음으로 동시를 썼어요. 동시를 쓸 때는 정말 신나고 즐거웠지요. 동시는 마음을 맑게 해 주고, 따뜻하게 해 주며, 또 웃게 해 줘요. 모두가 동시 때문에 마음이 환해졌으면 좋겠습니다. 그리하여 함께 행복했으면 좋겠습니다.

동시집을 낼 수 있도록 도와주신 모든 분들께 감사합니다. 특히 푸른사상 맹문재 선생님께 진심으로 고마운 마음을 전합니다. 고맙습니다. 이 동시집이 누군가에게는 귀한 동시의 씨앗이 되었으면 좋겠습니다.

2014년 여름
한선자

| 차례 |

제1부

제2부

제3부

제4부

낮달 위에 앉아

제1부

벌레는 디자이너

벌레가
감나무 이파리를
디자인해요

똑같은 무늬는
싫어하나 봐요

다 다르게
잘라 내고 오리고
구멍 내서

특별한 이파리로
재단해 놓아요

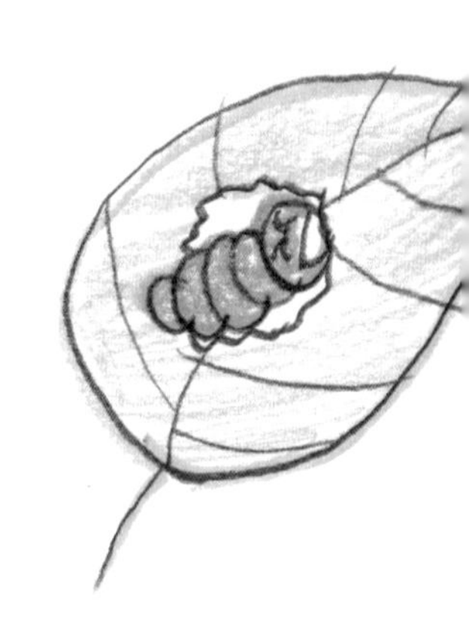

우리 집 거인들

우리 집에
살고 있는
거인들

냉장고
세탁기
컴퓨터
텔레비전

쭉쭉쭉
전기만
배불리 먹더니

무거운
엉덩이엔 살까지
토실토실

자리

한번 정해지면

절대

움직일 줄 몰라요

꽃과 벌

붕 붕 붕 붕~
꽃밭 주변에 몰려든
꿀벌 기자들

꽃의 세계를
알아내려고

꽃의 비밀을
파헤치려고

여러 날
집중
취재해요

밴드

어제 만들기 하다가
종이에 손가락을 벴어
피가 났어
아파서 눈물도 났어
선생님이 호 하며
밴드를 붙여 주셨어
난 오늘까지도
밴드를 떼지 않았어
선생님이 붙여 주신 거니까
어, 그런데 노는 동안
그 밴드가 없어졌어
베인 자리도
감쪽같이 사라졌어

쪽지 통

우리 집에
내가 만든 쪽지 통 하나

엄마가 나한테 미안한 일 있으면
편지를 쓰고
잘한 일 있으면 칭찬 메모를 남겨요

난 그럼
사랑해 사랑해 고마워

달콤한 말 가득 써서
답장을 보낸답니다

아침 눈 오는 길

저렇게 눈이 많이 왔는데
아직도 오는데

그 눈밭 길을
엉금엉금 마을버스도 다니고
주춤주춤 택시도 다녀서

출근하는 어른들도 나오고
학교 가는 아이들도 나오고
유치원 가는 아이들도 나오고

할머니 할아버지들도
옷 단단히 입으시고 나오셨네

구름 이사

장마가 끝나고
태풍이 온다더니
양 떼네 식구들이 이사 가요

비 홀딱 맞고
꼼짝도 못하더니
저녁노을 사이로
대이동을 시작했어요

밤이 다 가도록
끝나지 않을 거 같아요
별들이 소곤소곤
양 떼들을 이야기해요

조심조심 잘 가라고
길을 반짝반짝 닦아 줘요
새털 가족도 떠나려나 봐요
반달도 나와 손 흔드네요

초록 그네

우리 동네
학교를 둘러싼 담에는
치렁치렁 머리칼을 길게 늘인
담쟁이덩굴이 자란다

내가 그 앞을 지날 때
담쟁이들은 인사를 한다
내가 속으로
초록 그네 한번
타고 싶다고 생각하면
내 마음을 아는지
기분 좋게 손을
흔들어 댄다

나는 덩굴손을 잡고
훌쩍 초록 그네를 탄다
훨훨 하늘 높이 날아간다
낮달까지 날아간다

사뿐,

그 낮달 위에도 앉아 본다

구름 나라가 다 보인다

무법자

현관문을 열어 놨더니
똥파리 한 마리 나타나셨다

윙윙
처음 온 손님처럼
이 방 저 방 둘러보며
구경을 한다

엄마야!
놀란 나는
벌처럼 쏜다고 도망을 다니다가

똥파리는 뭘 먹고 살아?
벌처럼 쏘면 아프지?
똥파리 연구를 시작한다

아무리 쫓아도 안 나가고
온 집안을 휘휘 돌던 똥파리 씨!
구경 다 했는지 나가 버린다

빗방울 가족

빗방울 가족이 놀러 나오네
슥슥 창문에 빗금을 치네
작은 빗방울들이 그림을 다 그리자
굵은 빗방울들이 차례로 내려오네

쉬지 않고 내려오네
하늘엔 빗방울들 많은가 보네
더 내려올 가족이 많은가 보네
셀 수 없이 많은 가족이
하늘에는 살고 있나 보네

빗방울 대가족이 놀러 나온 날
온 세상은 빗소리로 가득 차네

나무 계단

한 발 한 발 디딜 때마다
나무의 등을 밟는 것 같고
나무의 허리를 밟는 것 같고
나무의 다리를
나무의 배를
나무의 머리를
아프게 밟는 것 같은데

계단은 말이 없다

바람 냄새
햇살 냄새
구름 냄새
나무 냄새만 풍기며

조금씩 낡아 갈 뿐

말똥말똥

잠이 안 와
눈만 말똥말똥

캄캄한데
말똥말똥

떼구르르
떼구르르

떨어지는
말똥
말똥

밤새도록
주운

말똥
한 자루

지구 이불

여름에는
보들보들한
꽃 이불을 덮고

가을에는
야들야들한
단풍 이불을 덮고

겨울에는
보송보송한
눈 이불을 덮고

봄에는
간질간질한
새싹 이불을 덮지

생쥐 한 마리가

<u>쪼르르 쪼르르르</u>
논두렁 아주 작은 생쥐
낟알 물고 달아나네

개울가 개구리들
개굴개굴 울어 대며
넙죽넙죽 절을 할 때

미끌미끌 미끄러지며
미끄럼틀 타는 생쥐
나뭇잎 배를 타고 강 건너
숲속으로 달아나네

<u>쪼르르 쪼르르</u>
데구르르 데구르르
떨어져 뒹군 도토리는
다람쥐에나 맡기고

낟알 꼭 문 생쥐
엉덩방아 찧으면서
비틀비틀 넘어지며
돌담 집으로 달려가네

“엄마!”

생쥐 엄마가
집 안에서 달려 나오네
아기 생쥐를 꼭 안아 주네

마음의 꽃밭을 만들다

제2부

연주회

할머니가 밥을 할 때
할머니 손은 리듬을 탄다

사각 사각사각

쌀알들이 신이 나서
물장구 춤을 춘다

할머니 손이 악기다
악기에 맞춰 노래도 한다

찰박 찰박찰박

세상에서 제일 재밌는
바가지 속 연주회

할머니네 집에선
매일매일 열린다

아주 커다란 나무

우리 동네는
덩치가 큰 나무예요
아름드리 커다란 나무요

위로 올라갈수록 나뭇가지가 많아
새들이 와서 둥지를 틀고 살지요
이 가지 저 가지 촘촘한 가지에는
얼마나 많은 새들이 사는지 몰라요

유모차 탄 새
유치원 버스 타는 새
마을버스 기다리는 새
걸어 다니는 어른 새
승용차 타는 바쁜 새

우리 동네는 커다란 나무예요
좁은 길이 가지가지 뻗어 있어
오르락내리락 해야 하는
참 재미난 동네예요

달콤 한 스푼

전학 간 친구가 보고 싶니?
멀리 계신 할머니가 보고 싶어?
할아버지가 보고 싶다구?
전근 가신 선생님이 생각나?

달콤한 추억 케이크
한 조각 먹어 볼래?
추억의 오뎅과 순대는 어때?
추억의 김밥과 떡볶이는?

추억의 시간이 담긴
꿀 시럽 한 스푼도 먹어 볼까?
그럼 그리움이 꿀꺽 넘어가겠지?
추억은 언제 먹어도
달콤할 거야, 그지?

사탕 하나

하나 남은 알사탕을 주머니에 넣고
언제 먹을까 이리 굴리고 저리 굴리는데

운전하는 아빠가
하품을 하는 것이었습니다

망설이다 알사탕을 까서
아빠 입에 슬쩍 넣어 드렸는데

으드득 으드득
우주 발등 깨지는 소리가 나더니
눈을 번쩍 뜨셨습니다

잠이 발딱 일어나
천리만리로 달아난 것이었습니다

아빠가 신나게 운전을 하며
"고놈 참 신기하네" 하셨습니다

쿵쾅쿵쾅

길을 가다
딱 마주치게 생겼다
저기 걸어오는 그 아이
내가 좋아하는 아이
쿵쾅쿵쾅 설레임
앗, 갑자기 내 얼굴이 달아오른다
어쩌지?
모른 체 지나갈까?
아니야, 어디 가냐고 물어볼까?
가슴이 벌렁벌렁
심장이 튀어나올 것 같다
으흐, 모르겠다
다른 길로 돌아가자
휴! 바보 바보

축제

꽃들이 모여서
사람들을 초청했어요
손님들은 많았어요

고래는 펄펄 날아다니고
물고기도 떼 지어 수영하고
꽃배도 룰루랄라 여행을 했어요

나무 악사들은 연주했고
까치들은 전깃줄에 모여 앉아
나란히 내려다봤어요

사람들은 붕붕
종일 꽃 속에 파묻혀
사진을 찍었어요

꽃들은 모두에게
행복을 선물했답니다

일기 쓰기

학교에서 재미난 일
조잘조잘 말해 주고
읽었던 책
미주알고주알 얘기해 주고
신나게 본 영화
감동적이다 말해 주고
미술관 그림들
좋았다고 말하는데

막 급하다는 듯
"지금 말한 것들
얼른 다 써!"
그런다, 우리 엄마는

슬플 때나 기쁠 때나

결혼하는 누나가

엄마 소리만 나와도 울고
아빠 소리만 나와도 울고
사랑 소리만 나와도 울고
인사할 때도 운다

결혼이 그렇게 슬픈 건가?

엄마가 그런다
슬퍼서 우는 게 아니라
기뻐서 우는 거란다

예식장을 나올 때 보니
누나가 활짝 웃는다

결혼이 그렇게 좋은 건가?

집에 온 알림장

엄마는 매일매일
잊은 거 없나
알림장을 들여다보고
확인해요

알림장은 엄마를
엄마는 나를
준비시켜 놓고
숙제하게 해요

알림장은
힘이 세요
선생님보다
더 힘이 세요

여름 낭송

메뚜기는
멀리 뛰는 뜀뛰기로
여름을 낭송하고

매미는
맴맴맴맴 우렁찬 노래로
여름을 낭송하고

바람은
펄럭펄럭 흔드는 깃발로
여름을 낭송하고

우리들은
재잘재잘 떠드는 목소리로
여름을 낭송하고

할아버지네 가는 길

찰방, 문밖을 나왔는데요
구름이 데리러 와 있어요

붕붕 랄랄라 타고
골목길 좁은 하늘을 빠져나가요
돌고 돌고 돌아
고속도로로 내달려요

오리 양도
고양이 아가씨도
멍멍이 강아지도
모두 나를 태우고 달려가요

가는 길에 심심한 입 달래라고
아이스크림도 하나
우유도 한 잔
숟가락으로 떠 주고요

설렁설렁 슝슝슝
뽀송뽀송 가벼운 구름 의자에 앉아
지나온 길 오밀조밀
작아진 나라 한눈에 내려다봐요

앗, 벌써
달이 둥근 할아버지네 집이에요

구름 정거장에서
내려야 할 시간!

불꽃놀이

꽃을 만드네
달 꽃
별 꽃
해님 꽃
세모 꽃
네모 꽃
동그라미 꽃
자꾸자꾸 만드네

많이 많이 만들어
하늘 높이 날리네
아름답게 펴지네

그 꽃이 내게로 날아와
한 잎 두 잎 쌓이네
마음의 꽃밭을 이루네

즐거운 숙제

기다리고 기다리던
신나는 여름방학인데
선생님이 숙제를 내주셨어요

'손톱에 봉숭아 꽃물 들이기'

어머나! 생각만 해도
이렇게 즐겁고 예쁜 숙제를
내주시다니!

숙제가 빨리하고 싶어지긴
정말 처음이에요

긴긴 겨울에는

깊은 밤
꼭 들려오는 소리 있지

찹쌀~떡~!

가락을 타고
전해지는 말

메밀~ 묵~!

괜히 웃으며
한번 따라 하게 되지

찹쌀 ~떠억~!
메밀 ~무욱~!

부푼 내 마음

제3부

싹트는 우정

솔이가
마당 화단에서 뭘 따

내게 다가와
고 작은 주먹을 폈는데

빨간 방울토마토가 두 알

"이거 먹어!"

솔이는 뭐가 급한지
후다닥 저리로 뛰어가

"친구야! 고마워!"

할머니

봄 여름 가을 겨울
자식 먹을 거 챙겨 주시느라
박사님이 다 되신
우리 할머니는
요술을 부리시는 걸까?
몸만 움직이시면
된장 간장 고추장 청국장
김장에서 달달한 밑반찬까지
뚝딱 만들어 내신다
박사님이 따로 있나
우리 할머니가 진짜
척척 특급 박사님이지

불쑥불쑥

이러면 안 되는데
이러면 진짜 큰일 나는데
불쑥불쑥 튀어나오는
내 목소리가
엄마보다 더 커지려고 하네

이러면 안 되는 건데
이러면 진짜 큰일 나는 건데
불쑥불쑥 튀어나오는
내 성질이
내 나이만큼이나 자라났나 봐

맛있는 잔소리

내가 꼼짝 않고 앉아서
밥도 안 먹고
눈도 떼지 않고
책만 들여다보고 있으면
밥상머리에서
밥 안 먹고 책만 읽는다 하시고

한 번 들어갔다 하면
꿈쩍도 안 하고
나올 생각도 안 하고
책장만 넘기고 있으면
그만 좀 나와라
화장실이 도서관인 줄 아냐 하시고

이래저래
밥보다 더 많이 얻어먹는
엄마 잔소리

엄마 자명종

우리 집엔 알람시계가 없다
엄마 목소리가
나를 깨우는 자명종이다

근데 이상도 하지
학교 안 가는 날은
저절로 눈이 떠진다

엄마가 일어나라
깨우지 않아도
눈이 알아서 번쩍 떠진다

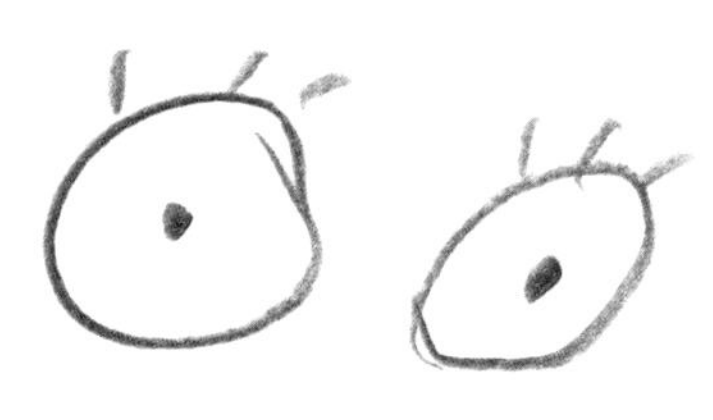

엄마 자명종 소리에
내 마음이 길들여졌을까?

야호!

내 가방 속에 뭐가 들었는 줄 알아요?
집에 가면 엄마 아빠 깜짝 놀래 주려고
그게 뭔지 말 안 할래요

내 발걸음이 왜 이렇게 가볍죠?
내 몸이 솜털 같아요
내 마음이 두근두근 방망이질해요

엄마가 드디어 내 가방을 열어요
알림장을 보기 전에 뭘 보셨을까요?
엄마 눈이 커다란 동그라미를 그려요

내 이름 박힌 상장이라는 두 글자가
엄마 마음을 세게 두들겼나 봐요
엄마가 후다닥 나를 꼬옥 안아 줘요

소풍 가방

현장학습 가는 날
도시락이 한 짐
음료수가 한 짐
잘 다녀오라는
엄마 말씀이 한 짐
재미있게 놀다 올
부푼 내 마음이 한 짐
아이고, 무거워라
다 날려 버리고 오자

수수께끼

한 번 틀었으면
꼭 잠가야 하는 건
하고 문제를 냈더니

대답은 하지 않고
깔깔깔 깔깔깔
웃음이 빵 터진 친구

웃음소리를 잠가야 할까
수돗물을 잠가야 할까

비 오는 날

아침에 눈을 떴는데
창밖이 아주 깜깜해
비가 와서 날이 어두운 거래
이런 날은 진짜 일어나기 싫은데
이불 속에 더 있고 싶은데
엄마는 빨리 일어나라고 재촉해
이렇게 아침부터 어두운 날은
학교도 쉬었으면 좋겠어
'오늘은 학교 놉니다'
이런 문자 왔으면
정말 좋겠어

기도한 날

새파란 하늘도
두둥실 떠가는 구름도
물든 나무들도
눈부시게 아름다운데
눈물이 나는 건

낫게 해 달라고
간절한 마음으로
기도하게 된 날

우리 할머니
수술하신 날

수술중

나도 멋진 남자야

근데 잘 안 되는 걸 어떡해
책상 정리 잘하려고 하는데
하다 보면 어질러져 있고
가방 속은 난장판이 되고
필통은 어디로 갔는지 안 보이고
연필은 다 부러진 것뿐이고
지우개도 안 보인단 말이지
쓰고도 모르고 두고도 몰라
나도 깔끔한 남자이고 싶다고 정말!

받아쓰기 달인

설거지하다가
청소하다가
밥하다가
내 공부 봐주다가
나랑 얘기하다가

문득 생각난 듯
작은 공책에
뭔가를 적는 엄마

엄마는 내 말을
술술 받아쓰는
받아쓰기 달인

하교 시간

엄마들
학교 교문 앞에
우르르 모여

웅성웅성

지나가는 할머니
수상한 목소리로
캐묻는다

무슨 일 있우?

한 소리

옷 벗어서 내동댕이친다고 한 소리

길에서 친구랑 장난친다고 한 소리

알림장에 글씨가 엉망이라고 한 소리

시험지에 숫자도 제대로 못 쓴다고 한 소리

바로바로 숙제 안 한다고 한 소리

꿈을 받아쓰다

제4부

말할까 말까

매일 백 점 맞으면 안 돼
매일 백 점 맞으면 엄마가 시큰둥하시거든
가끔씩은 한 개씩 틀려 줘야
엄마가 긴장을 하시고 관심을 가지시거든
가뭄에 콩 나듯이 백 점을 맞아 오면
시든 얼굴이던 엄마가
소낙비 맞은 환한 얼굴로 달려오시며
가방 들어 주시고 손까지 꼭 잡아 주시며
오늘 뭐 먹고 싶은 거 없어?
사 달라는 거 다 사 줄게
가슴에 풍선을 단 엄마는
기분이 최고로 좋아진 엄마는
뭐든 다 오케이 할 것 같거든
학원 안 가고 숙제 안 하고 노는 건
안 되냐고 하면
왜 안 돼? 우리 아들 백 점 맞은 날인데
호호하하 웃는 우리 엄마

오늘 나 백 점 맞았다고 말할까 말까?

흔하지 않은 날인데 말야

웃음 통장

학교가 하루를 시작하면
가득한 우리들 웃음소리

교실마다 넘치는 웃음소리 모아
통장 속에 넣어 두지

웃음이 꼭 필요한 사람에게
팍팍, 깨내 선물을 주려고

웃음 통장이 어딨는 줄 아니?
바로, 우리들 입가에 매달려 있잖아

초대

생일잔치에 초대 받아서
두근두근 괜히 떨리는데

뭘 살까 뭘 준비할까
선물 고르기가 쉽지 않은데

편지 쓰고 학을 접고
문구점에 가서 선물을 샀는데

아, 기대 되는 생일잔치
드디어 신나서 갔는데

반 애들 다 모였네
오늘 우리 반 잔칫날이네

참 신나는 날

내일은
현장학습 가는 날

마트에서
과자 사고
음료 사고
물도 사고
물휴지도 사고

그
리
고

오늘 남은 시간도
엄마한테 다 산 날

잘 때까지
실컷 놀아야지!

지하철

사람들이 사는
아스팔트 아래에
아주 거대한
지하 동네

쉬지 않고
사람들을 실어 나르는
성실하고 착한
지하철도가 살지요

언젠가 한 번
하늘을 날아보는 것이
소원이래요

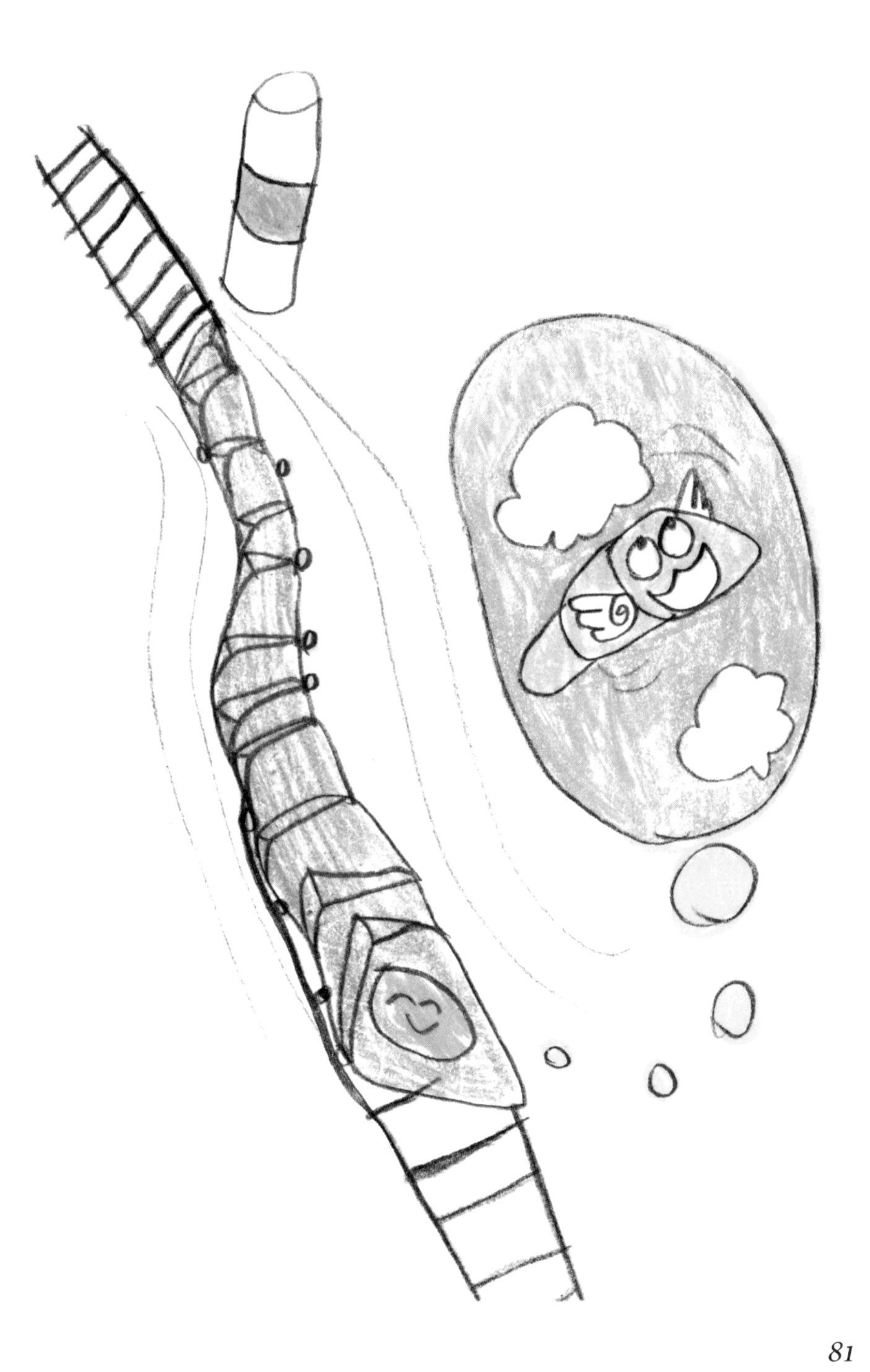

어린이니까

뛰지 마라
장난치지 마라
넘어진다
다친다

어른들께 주의 말씀을 들어도

내 발은
내 몸은
내 마음은

그 말을 잘 알아듣지 못하지

시간은

시간은 좋겠다
늙지도 않고
병들지도 않으니까

시간은 좋겠다
밥 안 먹고
잠 안 자고
공부 안 하고
놀지 않아도
하루를 꽉 채울 수 있으니까

시간은 좋겠다
사람들이 자나 깨나
자기만 쳐다보며 사니까

김밥

엄마가
나 먹으라고 썰어놓은

김밥
한 줄은

열 칸짜리
귀여운 꼬마 기차

칙폭
칙칙 폭폭 소리도 없이

신이 나서
들어가네

내 입 속으로
쏘옥!

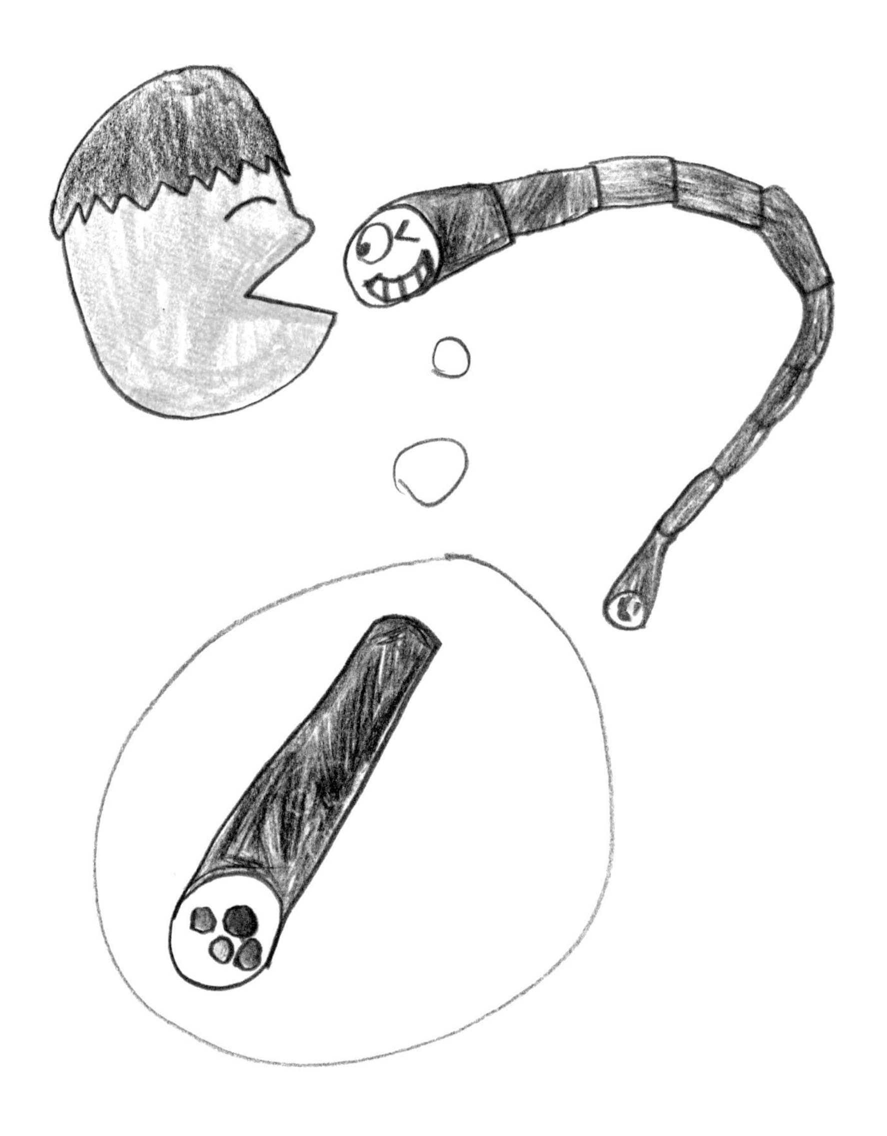

엄마 손

"야, 아직도
엄마 손 붙잡고 학교 가냐?"

말은 그렇게 했지만
사실은 부러워서 한 말

나도 엄마랑 손잡고
학교 가고 싶다

집에 올 때도
혼자 오고 싶지 않다

아직 나도 1학년
엄마랑 다니면 정말 좋겠다

우리 동네

우리 동네 엘리베이터는
3번 마을버스야

1층 벨을 누르면
문방구 앞에서 문이 열리고

2층 벨을 누르면
교회 앞에서 문이 열리고

3층 벨을 누르면
고등학교 앞에서 문이 열려

그렇게 올라 올라 가다 보면
어느새 6층 종점

아래층이 훤히 다 보이는
멋진 산꼭대기란다

부탁해

꿀벌들아
나비들아
어디서 뭐하고 노니?

꽃은 벌써 다 피었는데
꽃들이 벌써 지려고 하는데

너희들이 없으니까
심심하단다

어서 돌아와
어서 와서
꽃들하고 놀아라

일기장

내가 일기를 써서 냈어
그런데 선생님이 검사 후에
내 일기장을 펼치더니
아이들 앞에서 읽으시는 거야
마치 국어책을 읽듯이 말이야
실감나게 소리 내어 읽으시니
아이들이 하나둘 넋을 놓고
바라보다 헤 침까지 흘리며 듣네
그러더니 점점 재밌다고
으하하하! 웃어 대고
책상을 치고 의자를 밀고
그러다가 벌러덩 넘어져서
아프다고 울기도 하지 뭐야
교실은 웃음바다가 되었어
내 일기가 개그를 한 거야
모두모두 박수를 쳐 줬지!
내 어깨가 으쓱 올라가고
콧등이 시큰해지는 날이었단다

받아쓰기랑 꿈

아침에 눈을 떠서
밤에 잘 때까지
내가 보고 듣고 말한 것은
모두 얼마나 될까

그 모든 것을 받아쓰기 하려면
난 매일 일기장이 모자랄 거다

일기장이 산더미면
난 작가가 되는 걸까?

사랑한다고 말하다

가만히 들여다보면
나뭇잎들은 모두 하트 모양

내가 엄마한테
사랑한다고 말할 때

늘 하트를 그리듯
나무들도 하트를 만들어

꽃이나 열매들에게
사랑한다고 말하나 보다

매일 매일 새잎으로
사랑의 말 팡팡 날리는 걸 보면

동시 속 그림

수송중

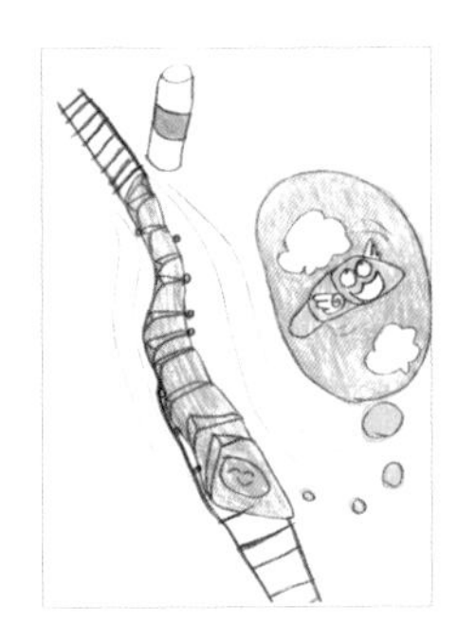
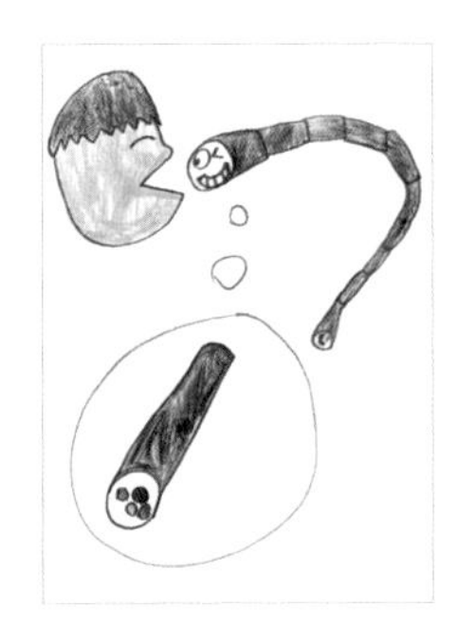

표지 · 내지 그림 – 박용선(서울 은천초 3학년)

벌레는 디자이너